LA BELLA DURMIENTE

SLEEPING BEAUTY

susaeta

D.L.: M-34229-2008
© SUSAETA EDICIONES, S.A.
Campezo, 13 – 28022 Madrid
Tel.: 91 3009100 – Fax: 91 3009118
www.susaeta.com

Ilustraciones: Marifé González
Maquetación: Proforma Visual Communication, S.L. / Equipo Susaeta
Corrección: Eleanor Pitt / Equipo Susaeta
Diseño de cubierta: Laura Ramos/ Equipo Susaeta

LA BELLA DURMIENTE

SLEEPING BEAUTY

UN BUEN DÍA, UN SAPO LE
DIJO A LA REINA:
–ANTES DE UN AÑO SERÁS
MADRE DE UNA NIÑA.

ONE DAY A TOAD TOLD THE QUEEN: "BEFORE A YEAR GOES BY, YOU WILL HAVE A BABY DAUGHTER".

CUANDO NACIÓ LA
PEQUEÑA, LOS REYES
ORGANIZARON UN
ESPLÉNDIDO
BAUTIZO,
E INVITARON
A LAS HADAS.

WHEN THE GIRL
WAS BORN, THE
KING AND
QUEEN
ORGANIZED A
SPLENDID
CHRISTENING
AND INVITED
THE FAIRIES.

LAS HADAS OBSEQUIARON A LA NIÑA CON BELLEZA Y BONDAD. PERO UN HADA NO FUE INVITADA.

THE FAIRIES GAVE THE GIRL
BEAUTY AND KINDNESS. BUT ONE
FAIRY HAD NOT BEEN INVITED.

9

EL HADA OFENDIDA DIJO:
—CUANDO CUMPLAS
QUINCE AÑOS, TE
PINCHARÁS CON UNA
AGUJA Y DORMIRÁS
CIEN AÑOS.

THE ANGRY FAIRY SAID:
"WHEN YOU ARE
FIFTEEN, YOU
WILL PRICK
YOURSELF
WITH A
NEEDLE AND
SLEEP FOR A
HUNDRED
YEARS".

PARA EVITARLO, EL REY
PROHIBIÓ HILAR EN
PALACIO. Y ASÍ LA PRINCESA
CRECIÓ.

TO PREVENT
THIS, THE
KING
BANNED ALL
SPINNING
WHEELS FROM
THE PALACE. AND
SO THE PRINCESS
GREW UP.

13

CUANDO CUMPLIÓ
QUINCE AÑOS,
ENCONTRÓ UNA
MÁQUINA DE HILAR
OLVIDADA. AL TOCARLA,
SE PINCHÓ Y CAYÓ EN
UN PROFUNDO SUEÑO.

ON HER FIFTEENTH
BIRTHDAY,
SHE FOUND AN OLD
SPINNING WHEEL.
WHEN SHE TOUCHED IT,
SHE PRICKED HERSELF AND
FELL INTO A DEEP SLEEP.

EL MALEFICIO DEL SUEÑO SE EXTENDIÓ POR TODO EL REINO, QUE QUEDÓ EN UN ABSOLUTO SILENCIO.

THE SLEEPING CURSE SPREAD OVER THE WHOLE KINGDOM, WHICH REMAINED IN ABSOLUTE SILENCE.

UNA MURALLA
DE ESPINOS
CRECIÓ
ALREDEDOR
DEL PALACIO,
ASÍ QUE NADIE
PODÍA
SALVAR A LA
PRINCESA.

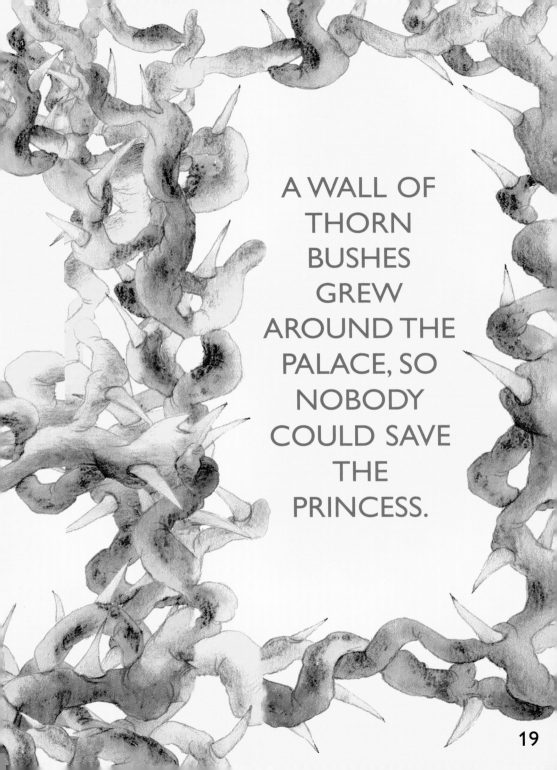

A WALL OF THORN BUSHES GREW AROUND THE PALACE, SO NOBODY COULD SAVE THE PRINCESS.

19

PASADOS CIEN AÑOS, UN
PRÍNCIPE LLEGÓ PARA
SALVARLA.
 —TEN CUIDADO CON LOS
ESPINOS —LE ADVIRTIERON.

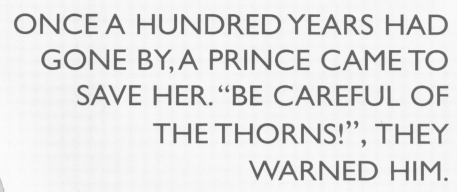

ONCE A HUNDRED YEARS HAD
GONE BY, A PRINCE CAME TO
SAVE HER. "BE CAREFUL OF
THE THORNS!", THEY
WARNED HIM.

21

PERO AL DÍA
SIGUIENTE LOS
ESPINOS
SE HABÍAN
VUELTO
HERMOSAS
FLORES.

BUT BY THE
FOLLOWING
DAY THE
THORNS
HAD TURNED
INTO
BEAUTIFUL
FLOWERS.

EL PRÍNCIPE LLEGÓ AL
PALACIO Y VIO QUE TODOS
SE HABÍAN QUEDADO
DORMIDOS MIENTRAS
TRABAJABAN.

THE PRINCE ARRIVED AT THE
PALACE AND SAW THAT
EVERYBODY HAD FALLEN
ASLEEP WHILE THEY WERE
WORKING.

ENCONTRÓ A LA
BELLA DURMIENTE EN
SU CAMA Y CON
UN DULCE BESO
LA DESPERTÓ.

HE FOUND THE
SLEEPING
BEAUTY IN
HER BED,
AND WITH A
SWEET KISS
HE WOKE
HER UP.

LOS REYES Y LA CORTE
TAMBIÉN DESPERTARON, Y
SALUDARON AL PRÍNCIPE Y A
LA PRINCESA.

THE KING, THE QUEEN, AND
THE COURT ALSO WOKE UP
AND GREETED THE PRINCE
AND THE PRINCESS.

EL PRÍNCIPE Y LA PRINCESA SE CASARON UN HERMOSO DÍA DE PRIMAVERA, Y VIVIERON FELICES POR SIEMPRE JAMÁS.

THE PRINCE AND THE PRINCESS GOT MARRIED ON A BEAUTIFUL SPRING DAY, AND LIVED HAPPILY EVER AFTER.